아주 오래된 동네

아주 오래된 동네

이명찬 시집

문학동네

自序

다시는 사랑에 쉽게 눈멀지 않겠다고 다짐한다
문제는 새로움에 있지 않고
끝까지에 있다
남보다 뒤처져 그러나 오래 노래하리
누가 뭐래도 여전히 '그 너머'는
나의 어머니
사랑이다
그 사랑에 다시는 눈감지 않으리

1997년 12월 8일
이명찬

차 례

제1부 하늘 가는 길

봄밤

달 밝은 배꽃밭에서
나는 아무 일도 없었다.

서울 하늘 은하수는
개기 일식이나 월식 구경보다 힘들고

고개를 다 젖히고야 끝이 보이는
직벽의 아파트에 사는 까닭에,
두견이 소린 더더구나
내 알 바 아니다.

그런데도 어쩐 일인가?
누군가의 손과 손들을 거쳐
이 밤 내 안에서 불 밝히는

숨막히게 잘 익은 홍등(紅燈) 하나.
아련한,

포물선

땅을 떠난 모든 것들은
같은 모양으로 떨어진다.
뒤돌아보지 않겠다는 맹세 팽팽히
차라리 폭죽처럼 터지겠다는 다짐 결연히
과녁 없는 화살처럼
솟구쳐보지만,
유성같이는
유성같이는
아무도 사라질 수 없다.

기를 쓰자.
홀로 하는 팔매질의 끝은 어둡고
시작이 지워지는 그리움만 남을지라도,
어기차게 날아
어느 땅엔들 처박히자.
처박혀 걸어보는 어깨마다에
잔잔히 물결치는 위로가 있어,
노래는 배꽃처럼 지지 않던가?

무한대로 분열하던 청춘 다 지나

신파조로 정연해진 단 하나의 대오(隊伍)를 넘고서야,
파편처럼 떨어지는 꿈.
비스듬히 기울어진 하늘 가득히
지기 위해 차오르는
저 처연한
궤적.

옥수동에서

한 사흘 비 내린 뒤
옥수동엘 들르자.
아직 옥수동 높은 축대 위에
배꽃 피어 있을까?
신림극장 낡은 필름처럼 바람이 불어
꽃잎은 분분히 흩어지고 있을까?

늘 등만 보이던 사람들,
한나절 설익은 햇살 아래 모여
환한 이〔齒〕 드러내며
다시 헤어지고 있을까,
다시 감추고 있을까.

옥수동일까?
그곳이 정말 옥수동일까?

섬섬(纖纖)한 손길에
노랗게 미어지던 어느 봄날
골목이 끝나는 땅 언저리에
쨍쨍히 박혀 있던

사금파리
하나.

빛 1
― 박혜정

레퀴엠을 배경으로
내 아반떼는 올림픽 대교를 미끄러진다.

그러나,
우아하고 한심한 이 여유 아래
전반적으로 얼어붙은 한강 위에는
어제 내린 눈 칼날처럼 빛나고,
강심 근처 군데군데엔 퍼런 구멍들
멍처럼 잠복하고 있다.

다시 눈 내리고,
구멍 속 울렁이는 물결을 향해
눈송이 몇 흔적 없이 사라져갔다.
허다한 후일담의 벼랑 사이에서
무릎을 반대로 꺾은 깃털 하나,
아니다 아니다 중얼거리며
낮아졌다.

한강대교 쪽에서 날아와,
눈바람 부는 얼음섬 위에

까치발로 오종종 몰려 선
농병아리 몇 마리.
추워 보였다.

여전히 꽝꽝한 이 한겨울.

빚 2
─군가

683 세대 우리 부부의 나들이는 요란도 하다.
남쪽 어디매 와 있다는 봄
동백숲에 숨어 있다는 봄을 찾아
먼길 떠난다.

개교기념일 핑계 삼아
몇 년 만에 나서는 길
아내의 흥은 도도하고도 빛난다.
그게 어디 죄가 되는가?

라일락과 진달래도 구별 못 한다는
아이들 이야기에 섞어,
그 아이들은 정말 이름도 모를
케케묵은 통기타 가수들의 노래 들으며
내 산하의 굽이굽이 돌고 또 돌아
먼 남도길 먼 남도길.

테입도 동이 나고
이제 남은 건 육성뿐이다.
아는 노래 모르는 노래

서글픈 동요까지 바닥이 나서
봄보다 먼저 지루가 찾아들 무렵,
누가 먼저랄 것도 없이
마지막 뽑아든 레파토리는

'가시는 곳 월나음땅 하늘은 멀더라도……
한결같은 겨레 마음 님의 뒤를 따르리라.'

아하 군가뿐이다!
백마부대, 맹호부대 다 나오고
심지어 예비군가에 육니오 노래
전우의 시체를 넘고 넘어
우리에게 남은 건 군가뿐이다.
이 풍요와 파탄의 90년대를 관통하는
우리 정신의 저력이자 뿌리.

우리는 가만히 핸들을 놓고 내려
건너 들판을 바라보았다.
그 노래들 부르며 누볐던 서울 갈현동과
부산 개금동의 남루한 골목 골목.

제일 깊숙한 그곳까지
군가들 실뿌리 내린
우리 가슴을 쪼개,
따가운 봄 햇살에 널어 말렸다.

오오래 말이 없는 사이
시암재 성삼재 너머 흰 노고단을 이고 선
전라남도 구례군 산동면,
온 산과 들녘에는
산수유꽃 어질어질 번져가고 있었다.

빛 3
—전라도

1997년 3월 16일 일요일 봄밤
일곱시를 좀 분주히 지나
경부선 평사나 경산 같으면
돼지게들 모여 박터질 시간.
호남고속도로 하행선
고개 너머 광주가 가까운 백양사 휴게소엔
봉고에 15톤 트럭까지 합쳐
차 모두 열두 대 섰다.
촐촐히,
비 맞으며.

빚 4
—80년대

그렇다면
우리는 헛살았는가.
신념과 희망은 물 건너 가고
바람결에 전해오는 이야기만이
진정 우리의 유일한 양식인가.

아니다. 그렇지 않다.
이 몰지각한 상대주의의 연대
근거 없는 낙관에 기대
손바닥으로 하늘 가리자는 게 아니라,

사랑조차 죄스럽던 염결(廉潔)과,
스스로도 다 짐지지 못해 절절매던 분노와
홍시 같은 열정,
뜨겁게 차오르던 짱돌의 어디에도
축제의 어두운 그림자
숨어 있지 않았다는 말이다.

잘못이 있다면
신념, 그게 아니라

신념만 믿었던 아집에,
신념이 뿌리박힐 땅이 아니라
솟아오를 하늘만 보았던 욕망에,
뽕짝 같았던 순정에 있을 뿐.

쉬 끓고 쉬 넘치는 냄비처럼
우리들 가슴이 얇아,
적에게 돌 던지며 적을 닮아왔던
기막힌 길항의 시절에 있을 뿐.

측은히 또는 왁자하게 등돌린 사람들 모두
결국 같은 뿌리에서 자라나
딴 방향으로 뻗는 가지가 아닐 것인가.
이제 그것마저 용납하자,
나무란 사방으로 뻗은 가지의 다양하고 풍성함으로
죄도 되고 자랑도 되는 법.

너의 자랑이 내 죄가 될 때까지
내 사랑이 네 무관심을 데워
오히려 나를 미워하게 될 때까지

나직나직 그러나 단전에 힘을 주고
주문처럼 기도처럼 또는
자기 암시처럼
말하자,

아니다, 그렇지,
않다.

빛 5
—정립회관(正立會館)

워커힐 호텔과 워커힐 아파트가 있는
아차산성 근처 그리 높지는 않아도
자동차가 없으면 오르지도 못할
가파른 꼭대기에 어쩌자고
네가 서 있는 것이냐

소아마비 장애자를 위한다는 허울의
이름하여 정립회관이
명동 거리도 아니고
여의도 광장 한복판도 아니라
서울의 동쪽 끝 아차산 숲속 한 모퉁이에
우두커니 몰려 숨어 있는 것이냐
더구나 희한하게도 그 발 아래
번듯한 모습의 광장동을 거느리고

숨길 수 없는 이 시대의 가련한 상징 앞에서
자꾸만 서글퍼지는 우리들 마음의 등급이여
다 때늦어 언제나 후회하는
마음의 돌성(城)들이여

쓸쓸한 1
─던가……

부안이던가
변산이던가

그도 저도 아니면
고창이던가……

시간도 장소도 지워진
이 치매의 와중에
그나마 양지바른 처마 밑
낮은 요사채 돌담 위에 남아서
밑도 끝도 없는
엄청난 공갈 하나

"여기에 탑 쌓지 마시오,
그 탑 쌓은 공덕으로 중이 됩니다."

봄이던가
가을이던가

내소사던가

개암사던가
그도 저도 아니면
아예 없던 일인가

던가
던가
던가

살아갈수록 희미해지는,
쓸쓸한

쓸쓸한 2

— 새

바람 무시무시 불어
세상의 많은 나뭇잎
뒤집혀 희게 빛나며들
한쪽으로만 쏠릴 때라야
오히려
새는
더욱 높이 날지 않던가

찌푸린 이마처럼
하늘은 흐려
마음엔 별 하나 뜨지 않아도
새는
더 멀리 날면서
오히려 스스로 뚜렷하지 않던가

무주 구천동과
1403동 아파트 사이
새 한 마리
진정으로 날고 있다.
내려앉지 못하고 떨어져야 할

운명의
새.

쓸쓸한 3
―영실이

해마다 봄이 오면
처마 밑에 빨랫줄에 돌아와
늘 지지배배 지지배배
제비처럼 그렇게
지들끼리 지저귀다가도
가끔 남몰래 그윽한 눈길 보내던
지지배

아카시아 한창이던 어느 오월에
울산으로 공장으로 살러 간다던
비료푸대 보따리 식구들 사이에서
끝내 내게는 눈길 한번 주지 않고
먼 산만 바라보더니.

부산 신발 공장 뻔드 칠 년에
남은 것은 가슴속의 병과
미혼모라는 딱지와
부추처럼 시든 세월뿐이라고
풍편에 문득문득 소식 들리더니
그나마도 이젠

영 감감한
지지배

영실이.

별

어느새
집집마다 처마를 잃어버려
봄이 되어도 제비 한 마리
날아들지 않고

손을 없고
먼 곳을 바라보던 버릇을 잊어버려
사람들 이마 위에
별 하나
뜨지 않는다.

비 오는 날

오늘처럼 찬찬히 비 오는 날이면
기억처럼 늘 아둔한 생각.

그 무진장한 서울가든과
시골보리밥집들 다 지나
깊지도 옅지도 않은
사나사(舍那寺) 계곡

점점이 피어 있던
노란 애기똥풀 너머
내가 던진 돌팔매의 물무늬는
이제 다 지워졌을까?

맑은 물살에 잔잔히 번져가던
그렁그렁한 동심원,
늘 그리 하자던
오늘같이 비 내리던 날의
아슴한
미련.

하늘 가는 길

백인 배우처럼 선글라스 낀 얼굴
백미러로 들여다본다, 상투적이지만
제법 그럴싸하다.
머리 한 번 쓸어올리고
어쓱해진 마음으로 시동을 건다.
전투적으로 천호대로 1차선만 밟아
악착같이 청계천 복개도로를 다 지나
시속 100km를 칭칭 넘기는 질주.
열어제낀 차창으로 바람은 세차고
쾅쾅한 비트는 흘러
흘러 어느새 보문로
나의 하늘 가는 길,
멀리 백운대의 잘생긴 이마.

날아라 시인
날아라 시인

미치지 않은 해방이 어디 있으랴.

제2부 적과의 동침

화두(話頭)

맛있기로야 설익은 밀
재밌기로는 튀는 콩
쫄밋거리던 야밤의 수박

그러나 이제 모든 서리는 너덜댄다.

모닥불에 둘러서서
꺼내놓고 쏴대던 우리들의 고추
지린내를 풍기며 푸시시
꺼져버린 어린 날

남은 것은
면벽 9년의 이력과 장좌불와 끝에
빌려 입은 남의 몸

움직이는 트럭 뒤에서 혼자 일보는 외에
정녕 집단적 해방이란
가능한 것일까

가능하기는 한 것일까?

목욕탕에서

우리 동네에는요
현대식 실내 장식에
휴게실 완비의 사우나가 있어서
밤새워 술 먹은 놈팽이들과 수상한 직업의 총각들
밤낮으로 들락거리지만요
동네 가운데 옛날식 정안탕이
그래도 반가워 목욕 때만 되면
나는 사우나 제치고 정안탕엘 가는데요

더구나 거기 가면 가끔
얼굴 익은 사람들도 있어서
정말 옛날식으로 등도 밀어주고요
구두 수선공 정씨의 때가 안 지는
손바닥도 구경하고요 비만에 가까워
미안해지는 내 아랫배도 거울에 비춰보고요

그러나 무엇보다 가만가만 즐거운 일은
냉탕과 온탕과 열탕 가운데
냉탕도 열탕도 아닌 온탕에 오종종 모여
훈기로 뜨끈해진 얼굴들 마주 보며

귀가 축 늘어진 미륵 보살님 여기들 모였구나
쥐똥나무에도 볕들 날 있다는 믿음들이 만나
한 세상 이루었구나 하고 안심하는 일인데요

물론 냉탕도 열탕도 목욕탕의 필요조건이긴 하지만
열탕과 냉탕만 있는 목욕탕 생각만 해도 끔찍합니다
열탕과 냉탕이 뒤섞여 온탕이 되는
그 소박하고 대중적인 이치를 눈감고 생각합니다
혹시나 그 모르는 남들은 이런 내 관조를 경계해
중도를 가장한 극우 보수주의적 대중추수주의적
기회주의적 절충주의라고 타박하지 않을까
염려되기도 하지만 나는 감히 말합니다
내게 주의가 있다면 다만 온탕주의일 뿐이라고

믿어주세요 나의
온탕주의

인연

달라진 아무것도
달라질 아무것도 없는
강변북로

팝! 팝! 팝!
창날처럼 핀 가로등
날아와 가슴 아프다

이제 갓 피어난 가로등 하나에
내 눈 맞추고 있는 동안

세상의 저편 우주 너머로
사라진 사람

수양버들 우 몰려 선 한강은
봄이 깊어질수록
더욱 깊이 속을 감추고

와이셔츠를 다리며

— 경세표(經世表)

일주일에 한 번뿐인 출강일 아침마다
나는 정성으로 와이셔츠를 다린다.
앞섶과 소매끝을 지나
단추와 단추의 사이사이까지
꼼꼼히 잔주름을 눌러 죽인다.

쫀쫀하다고 비웃지 마라.
신혼 때는 그렇게도 열성이던 아내가
이젠 제 앞가림도 힘들다며 팽개쳐둔
몇 벌의 와이셔츠, 그것이 분명
우리집 권력의 확실한 누수라는 것,
내 하릴없이 인정하마.

그러나 어쩌랴 빛나는 겉멋을 위해
모든 주름은 어차피 내가 만든 것,
맺은 자가 푸는 것이 도리 아니겠는가.
나는 또한 이 땅의 입에 발린 페미니스트의 하나.

두 무릎을 꿇고 진지하게 물을 뿌린 다음
전기 코드 꼬이지 않게 다리미를 들고

적당한 온도를 기다리는 순리대로
와이셔츠를 다린다. 때때로
불끈 치미는 짜증과 미지근한 일상의 분노
내 성마른 욕망까지 모두 평정하며…….

애초부터 큰 주름 잡겠다고 덤비면
언제나 처음과 끝이 어긋나는 법.
오히려 자잘한 주름들과
일관되고 꾸준하게 씨름하다보면,
그제서야 스스로 날을 세우는 단 하나의 칼주름.
만물이란 반드시 연관되게 마련이어서
나는 결코 사소하지 않았다.

나를 죽이는 인내만이
날을 세우는 유일한 무기.
물론 비접착 감색 싱글 아래 받쳐져
한나절 강의로도 다시 형편없이 구겨지리라는 걸
모를 리야 없지만,
나는 오늘도 와이셔츠를 다린다.
배경과 그늘만이 남을지라도

독버섯 같은 내 야망을 다린다.

적과의 동침

어느새 사쿠라도 다 져가는 봄
이 문민의 연대에 나는 생각한다.
내 존재의 이유에 대해서가 아니라
존재의 방식에 대해서.
어쩌면 지나간 절대 권력의 시대에
우리는 모두 그 적들과 싸워온 것이 아니라
싸우는 한편으로 그들을 우리 속에
키워온 것은 아닐까 생각한다.
백전불태(百戰不殆)를 위해 너무 많이
너무 깊이 적을 알았던 것은 아닐까,
알다 못해 어느 결에
그들의 방식을 따라가고 있는 것은 아닐까,
거듭 생각하고 생각한다.
마치 '네 칼로 너를 치리라'*던
고주(孤舟) 이광수가, 적의 칼로 결국은
스스로를 벨 수밖에 없었음과 마찬가지로
우리는 자신의 꼬리를 먹어들어간
한 마리 거대한 뱀이 아니었을까,
생각하고 생각하고 생각한다.
운동의 경력을 밑천으로 높아진 어르신들조차

해묵은 사람들과 한치의 오차도 없이 닮아가고
개같이 벌기 위해 동족의 등을 치는
이 한심하고 천박한 욕망의 자기 증식,
이 땅에 충만한 불치의 증세 앞에서
봄은 또다시 지나가고 나는
몸둘 바를 몰라, 생각하고 생각하고 또 생각하고
생각만 하고 있다.

도저히 사랑할 수 없는 이름의 너
조국이여.

* 해방 후 이광수의 행적을 문제 삼아 김동인이 쓴 소설
  「반역자」의 한 구절에서 따옴.

꿈에라도

가팔라 퍼런 하늘에
툭
긴 꼬리의 연줄 터지듯,
이제 그만
내 그물의 벼리 풀어주고 싶다.
몹쓸 비탈길에서조차
내려가는 일의 섭섭한,
그러나 배꽃처럼 흐뭇한 섭리나마 배우며.
내 아니라 발자국만 붙들고 놓지 않는 진창이었다고
쉽게 수락하면 또 어떤가.

유순하고 애리애리한 것들 사이에서
눈뜨고 싶다.
오오래 비켜서 있던 자의
원터 같은,
눈시울이 시큰하도록 잘 데운
막걸리 같은,
건방진 아무라도 감히
삶의 원칙적 무장해제라 말하지 못하는
그런 자세로,

참 오랫 동안

그렁그렁
해지고 싶다.

단풍

같은 모양으로 불타는 것은 없다.
뒤엉켜 서로를 태우는 모닥불조차
각각 딴 모양의 재로 이운다.
사랑이라 말하지 마라
눈물겨운 사기(詐欺)
아니면 무명(無明).
안개자니 어디쯤이나
점봉산 너덜 근처에서
희고 앙상한 발목을 어루만지며
준비하는 겨울.
잠 못 드는 어느 한 밤에
눈처럼 눈처럼
숨어서 내린
단풍이
붉다.

아주 오래된 동네
— 삼선동에서

아주 오래된 동네에는
아주 오래된 나무들 기우는 사이
아주 낯익은 방법으로 바람이 분다.
어느 쪽을 감싸려는 속셈인지 몰라도
낙산 등허리엔 늙은 성곽이 한 줄 수상한데,
고만고만한 어깨를 걸어 집들은
처마 밑으로 골목을 지우고
바람마저 재운다.
눈썹이 길슴한 아이일까?
끝이 뻔한 리코더 소리
재개발처럼 흔들리는 저녁 무렵,
그런들 대수냐는 듯
아주 오래고 낯익은 방법으로
들창들마다 번져나는

호박꽃 호박꽃 도라지꽃 호박꽃.

열대야

'Now is 1:41' 그리고
깜박이는 반디에 hwp라 치고 있는
광복 50주년의 새벽,
나는 지식인답게 광복인가 해방인가 그게 아닌가
따져보고 있다. 시바스 리갈
얼음에 채운 박정희 술을 한 잔
아직도 계속되는 징용자 보도의 TV 뉴스에
섞어 마시며 얼음 띄운 칵테일 기사가 실린
행복이 가득한 집 잡지를 보며
일본에 건너가 현지 답사를 하며
눈물 짓는 20대 한국 대학생의 뒷모습을 보며
치질로 고생하는 아내의 눈치를 보며 한 잔 더 마셨다.
주제에, 아르바이트 고삐리에게
민족주의와 국수주의의 경계를 묻는
나도 버거운 일천 자짜리 해답을 요구했던가.
밤 매미가 춘향이처럼 극성을 떠는
천방지축의 내 서른다섯번째 8월 15일
새벽에 그래도 나는
깨어 있고 싶었다 시바스 리갈에 취해
아직 제 이마 하나 제대로 못 짚는

유치방구한 치질의 나라
그래도 내 여전히 조국이라 부르는

이 갈보 반도의 밤
열대야의 한가운데서.

신이문역에서

구절양장을 다 지나
열차가 회기역을 나서면
지하철이 전철이 된다 비로소
내 서울은 시작되고.
신이문에서 내려 되도록 천천히
계단을 밟아 줄줄이 좌판도 지나
말복이 내일 모레 뜨거운 계절과
내 서울과 그제야 제대로 흘러내리는
내 땀 자꾸만 눈으로 흘러드는 그 물과 만난다.
발광하는 매미들의 위기감 사이로
철공소 간판집 목공소 한물간 빵꾸 그리고
더 한물간 영자네 방석집을 지나
엘란트라도 택시도 버스도 타지 않고
참 오랜만에 오래 걸어 도착한 낡은 한약방
불임 치료약을 찾으러
팔월 염천에 모처럼 진지한 나는,
닭고기 돼지고기 술 담배…… 동그라미 친 가릴 음식과
복용법 지시를 받고 공손히 물러나온 석관로에서
그제야 걸어 돌아갈 길의 아득함을 생각한다.
올망졸망 봉지로 매달린 감초 익모초

길경…… 길경…… 길경…… 도라지
한나절의 이 바랜 풍정에도 시큰해지도록
너무 많이 끝장나버린 내 강남 의식 사이로
멍멍하게 때로 처연하게 매미는
여태도 울고 있다 맴맴 매매맴.

흔들리지 않게

한 군데 붙박여
흔들려본 적 없는 것들에겐
내 단호히 아니다 아니다
손 내저으리.
도대체 헛것인 양
내 디딘 곳 잇몸처럼 욱신거리고
몸 속의 모든 배관을 타고
무섬증이 화려하게 돋는 밤마다
꿈은 차라리 없는 게 더 나았다 더 나았다.
누군가 그늘만을 밟아와 아픔의 근원을 못질하고
시들어 모가지가 꺾인 쇠비름이듯
사정없이 베어 넘길 것이라는 소문에
식은 땀이 매화꽃으로 피어날 때면
제일 아래 것들부터 포기하기로
울면서 작정하기도 했다.
몸져 누울 한 뼘의 아뜩한 행복도 없이
마음은 겉이 멀쩡한 참외 속마냥 아무 데나 짓무르고,
세상은 흔드는 것들끼리 퍼렇게 쟁쟁거려
바람아 자는 곳에서 늘 새로 날을 세우는 바람아
애원 섞어 불러놓고도 단 하나의 희망조차

끝까지 말해본 적 없었다.
말해다오, 한때는 내게 속한 것이었으나
이제는 기억마저 희미한 청춘*
늘 우중(雨中)이어서 발치부터 검버섯이 피는 추억이여,
어느 별의 운행을 닮아 우리 서로 어긋나기 시작했는지.
결코 어긋나지 않는 것들은 눅눅한 습관으로 남아
내일의 바람에도 다시, 오줌의 뒤끝처럼
부르르 진저리치리라는 것 알고 있지만.
그럼에도 나 한 군데 일상으로 붙박여
서럽게 흔들려본 적 없는 것들에겐
아니다 아니다 끝끝내 도리질하겠다.
가장 나중에 포기할 단 하나의 관성이
자존심처럼 남을 때까지 그것만이
사시사철 까치집을 받들고 선 유일한 이유라서
용서하마 용서하마 스스로를 흔들 때까지,
무심히 몸을 뒤척일 때까지.

* 최두석의 『성에꽃』 중, "오랫동안 함께 걸었으나 / 지금은 면회마저 금지
된 친구여"를 변용함.

다짐

이제는 사랑할 때입니다
우리 모두 진실한 마음이 될 때입니다
서로에게 문을 열어 함께할 때입니다
지체아들을 위한 바자도 열고요
주머니를 털고 푼돈도 모아
소년 소녀 가장도 도울 때입니다
역사에 속고 동포에게 얻어터진
연변 길림의 동포들 위해
우리 조금 덜 입고 덜 쓰고
성금을 모을 때입니다
저부터 앞장서겠습니다
아무도 모르게 결연한 아이를 위해
하루 한 끼의 식사를 거릅니다
조국에 의해 두 번 버림받지 않도록
해외 입양아들의 뒤도 돕구요
삼풍이나 성수대교 피해자들을 위한
기도의 시간도 자주 가집니다

도루묵입니다, 말짱.

내 시(詩)

서럽지 않은 혁명이 어디 있으랴
그러나 서러운 혁명은 또 어디 있었으랴

긴가민가 망설이는 와중에
가장 멀리 떨어진 은하의
그 중 바깥에서 서성거리던 희미한 별 하나가 있어
우리 모두 지워진 그 자리에
이슬처럼 내리는 때

소리야말로
소리야말로
목질의 소리야말로
그 핵심을 단번에 꿸 수 있어서

내 욕심에 작은 구멍 하나 내고
마른 바람에 육신을 굴비처럼 말려
단 하룻밤뿐이면 또 어떤가
거친 손이 부는 피리 소리로
그 혁명에 육박하고 싶다,
내 시(詩).

사이

너는 어디에 있니?
가장 멀다는 공기의 분자와 분자
가장 가깝다는 별과 별 가운데 있니?
각각의 높이로 늘어선
방죽의 포플라 대열 속에 숨어 있니?
광화문이나 시청 앞을 종종거리는 사람들의
근엄하나 결국은 구별되지 않는
은밀한 욕심들과 섞여 있니?
의도적으로 누군가 귀퉁이를 늘여
각지게 펼쳐놓은 세계지도 속
갖가지 이름으로 불리는 지역들의
빤한 관습 속에 앉아서
도대체 없는 것을 있다고 우기고 있니?
한 모래알과 다른 모래알의
깎인 각도차가 얼마나 되는가
그게 우리들 나날의 안식에 얼마나
기여한 바 많은가 키 재고 있니?
말 물어보자 바람아 누군가
뒤에서 꼬드겨 우쭐해진 한 줄의
유행가 같은 바람아

너는 어디서 오고 어디서 사라지니?
그러나 모든 그리움에 반드시
이유가 있어야 하는 것은 아니리.
시종(始終)을 모르는 밤꽃 향기가
봄과 여름의 불분명한 어름에서 피어나는 때
밑도 끝도 없이 마음 미어지는 때가 있어
세월에 바랜 흑백의 졸업 사진처럼
너와 나의 경계는 사라지고
뒤섞인 마음들만 서럽게 남는 것.
너 어디에 있니, 사이야?

제3부 내 마음의 장마

사랑법

지나간 것이 아름다운 이유는
지나간 것이기 때문만은 아니다.
오래 묵은 칠처럼 더러 벗겨지고
모서리가 닳은 기억들이 한데 모여
저희들끼리 한 세상 이루었기 때문이다.

말하자면 세상의 모든 아름다움은
스스로의 경계를 지워
다른 것들과 섞여드는 그 어름에서
생겨나고 사라진다.

나를 지우고 나의 서슬조차 누르고
내밀하게 서로 섞여드는 일
그렇게 이룬 한 물결의 아득함
지워진 내가 모여 풍경이 되는 자리에
노을처럼 피어나는 아름다움.

부석사 현판 앞에서

─우남(雩南) 전상서(前上書)

뭉치면 살고 흩어지면 죽는다고
당신이 능치는 데 넘어가
우리는 뭉쳐도 죽고 흩어져도 살았습니다
우리들의 첫 단추 당신 덕분입니다
(덕술이 아재도 잘 있는지요?)

한동안 개살구들이 모여
빛 좋은 한 세상 저들끼리 이루어
하면 되지 않더냐고 너스레를 떨더니
이제는 모두 하나 되자고 부추깁니다

어중이 떠중이 전중이까지 손잡고
죄는 미워하되 사람은 미워하지 말자거나
용서는 하되 잊지는 말자고 들쑤십니다
제 손톱 밑의 가시가 제일인 줄 아는 까닭입니다
(더러는 벌써 그 소리에 귀 기울이고 있습니다)

그러나 그게 될 법한 소리입니까?
잘 아시다시피 한 번도 제대로
정말 제대로 미워하지 못한 이력 때문에

너무 많은 이들이 상처입지 않았습니까?
그 상처가 되려 자랑스러운 때는
더구나 아직도 멀었습니다

그래서,
당신의 그 도도하고 유유한 오만 앞에서
아직은 죄도 사람도 미워해야 하는 때
절대로 용서하지도 잊지도 말아야 하는 때라고
나직이 중얼거려봅니다

무량수전이 여지껏 금빛으로 물드는 까닭은
당신의 그 미끈한 휘호 때문이 아닙니다
당신은 이름도 모를 무량한 생목숨들의 희망이
아득히 퍼져나간 산줄기들처럼
명암도 뚜렷이 포개져 누워
우리들의 일상이나 모처럼의 관광조차를
든든히 받쳐주고 있기 때문입니다
도대체 알기나 하십니까 각하

봄

아무리 슬프려고 버르적대어도
가만 내버려두지 않는

앙가슴도 제일 깊은 곳에서
세상에 날을 세우는
내 삶의 마지막 양심조차도
지킬 길이 없는

쉬 풀지 못하고 실패처럼 감아둔 미움
너무 깊이 묻어
싹 나지 못한 그리움까지
어지럽게 풀어내는

압지에 잉크 번지듯
공복에 술기운 번지듯

이름을 나직이 부르기만 해도
벌써 펑펑 눈물이 도는
가슴이 미어져
사소한 내 상심의 그늘조차

드리울 수 없는
이 세상의 단 한 사람 같은

그런 봄은 가고

연등(蓮燈)

12월 24일이면
오로지 빠다빵 한 개를 위해
예배당을 찾곤 했던 어린 날

그런 일념의 불을 댕겨
무량수전 천장 높이
연연히 붉은
연등 하나 띄웁니다.
무량한 집집마다
안마당 환해지도록.

동백

십 년이 넘도록 아이가 없어
용하다는 점집에 다녀온 저녁
심드렁한 내게
아내는 전생에 중이었대나
어쨌대나

나였거나 아내였거나 상관없이
그때거나 이때거나 간에
일러 진 꽃과
늦어 맺힌 망울 사이
연분홍 베란다 겹동백이
내게는 웬일로
피처럼
붉다.

나의 모험

기껏 나의 모험은
남극 대륙 도보 횡단같이
거대하고 굵은 일은 근처에도 못 가고
음주 측정 피하기 위해 에도는
낯선 골목길에 개뻑다구처럼 굴러다닌다.

또한 나의 모험은
사우나와 냉탕을 오가는 정도의
미적지근한 것.
열탕은 평생 못 들어가고
뜨거워 죽을 것 같아 못 들어가고,

늘 그랬다,
앞줄에 내몰릴까 두려워
대열의 뒤에서 던진 몇 개의 짱돌
푸석해서 쉬 깨지거나
남이 던지는 비(飛)거리의 반도 못 가는 강도(强度),
겨우 그쯤이었다.
맵고도 뜨거운 최루가스 앞에서

때문에 나는 깨어지지 않았다,
쌍팔년도 다 지나 대망의 구십년대 이르기까지
그리고 서른을 넘길 때까지.
그것은 언제나 생피나는 현실이 아니라
언제나 적당한 모험,
차라리 은밀한 내통일 뿐이었으므로.

모든 경계가 지닌 저 치열한
유혹의 밤꽃 냄새에도 불구하고
나는 한 번도 선을 넘지 않았고
그럼에도 어느새,
그 속내도 모르는 남들 앞에서 나의 모험은
나의 광배(光背)가 되어 있었다.

그러므로 지금 나는 미래가 불안하지 않다.
말짱한 얼음 속처럼 바닥이 빤한 미래,
시작이 부실했으므로 나중도 미약할 나의 미래,
밖으로 떳떳하고 안으로 비굴한
나의 모험이 어느새 나의 현실이므로.

피둥피둥한 몸피에 아랫배가 불거진 사내 하나
꽝꽝한 얼음 속에 동태처럼 누워 있는 모습의
모르는 사이 시작된 실금들이 끝간 데가 없는
내 모험의 미래,
나의 아이덴티티.

세월

잠깐인 줄 알았다
그 동안

우리 엇갈린 그 순간부터
기껏해야 너를
잊어버린다 어쩌랴
했지만

그 무심한 사이
오십육억칠천만 년이 흘러
무량겁이 흘러

너는 거기서
나는 여기서
쩔쩔매고 있구나

이 지독한 세월

도시의 나무

예전에는 모오든 나무들이
사람의 집보다 높이 솟아서
사람들의 필생을 감싸고 둘러서더니
둘러서서 꿈의 색깔이 푸른 이유와
하늘이 높은 이유를 말해주더니

요즘은 어떤 나무도 집들 위로 솟지 못한다
잡초처럼 웃자란
아파트와 아파트 사이에
기가 죽어 오종종 몰려 선
느티며 은행이며 목련 따위들

마음의 그 중 변방까지 내몰려
제일 꼬래비에 호명되는 사랑이나
그것도 아니면
한때는 사랑했으나 이제는 아예
잊혀져 불리지도 않는 사람의
원관념을 지닌 나무들.
가끔은 생각난 듯
바람결에 몸을 뒤척여도 보지만

저 무슨 궁색한 상징으로 한 세월을 견딜까?

꽃다발

우리 한때는 말 없이도
그렇게 사랑하는
사이였다가
이제
무슨 말로도 메울 길 없는
머나먼 섬 우주로 멀어졌구나

한국

개나리 진달래 미친 듯이 피어나며
가짜와 진짜 사이의 원근을 고민하는
대학의 4월,
학군단 모퉁이 볕바른 공터에
후보생 여남은 우우 몰려 앉아
군화를 물광내고 있다.
빛나게
빛나게

일일 호프

바람 불어라 콜라병에 춤 깨자고
탱자나무 한 가마니 길을 자랐다
집 나간 가로등의 굵은 등뼈를 엿처럼 먹어
닭모가지 고사리여 따조들의 피
내 따귀를 갈기는 너비아니 한 짐

세상에 묻혀 사느라 세월도 잊고
오래 참다가 들른 대학에는
주인 없는 벽보들만 난무.
벽과 벽 길바닥마다 붙여진

박종철열사추모비건립기금마련을위한
일……일……호……프

검고 굵은 뿔테로만 세상을 보는
사내 하나 말도 못 하고
말할 수도 없이 무수한 발자국 아래
껌 붙은 구둣발 아래 추적추적
비에 젖어 망가지고 있었다.

정말 단 하룻만의 희망이었을까

하루 아니라 한나절도 견디지 못할
랄―라라 맥주의 거품 속에서
차가운 돌덩이로 단지 기억만 될
뿐이라야 하는가
남영동 집집마다에는 무슨 꽃이 필까

막을 새도 없이 방향을 바꾼
비가 한 줄기
정면으로 몰아쳐왔다
그 한순간에 세상은 참담하게 흐려지고
그래 나는 형편없는 엄숙주의자였구나

쥐뿔도 더한 것 나은 것도 없이
요만한 비바람에도 천지분간을 못 하면서
나는 바담풍
그래도 너는 바담풍이라고
미어지는 마음으로 돌아서는데
어디로들 밀려가는 걸까
빨강 우산 노란 우산 찢어진 우산 우산들.

내 마음의 장마

―정구에게

요즘은 자꾸 장마가 진다
견딜 수 없이 깊게 뒤집혀
검붉은 물살이 흘러가고
무너져내린 방죽의 한 끝에서
무연히 한나절을 지켜보고 섰다가
도저히 속을 알 수 없다고 그렇지만
쓸쓸함에 대해서 적막하나
아름다운 패배에 대해서는
이제 이해할 수 있다고 중얼거렸다.

처음으로 내 마음에 장마지던 때부터
가고는 오지 않는 것들과
우기(雨期)의 너머에서 아직 오지도 않은 것들의
뒷모습이 근사하리라 믿기도 했다.
그러나 어쩌랴
그럴 수 있다 그럴 수 있다 주억거리면서도
같은 하늘 아래 같이 흘러가는 것만으로는
그 향방이 너무 자주 궁금해지고
그 시종(始終)을 지킬 방법이 없어
앙다문 이빨 사이 피 터져 비 내리는

내 마음의 장마

이해하는 것과 수긍하는 것이란
애당초 갈 길이 서로 다른 것.
세상의 망망한 모든 갈림길과
등을 보이고 떠나는 사람들의 어깨 위로
끝내 한 생애의 장마가 진다,
비 내린다.
그럴 수 없다, 그럴 수는 없다.

창이 있는 풍경

그 일 년 사이
설거지로 바빴던 그 동안에만도
개수대 위에 달린
내 관조의 창 너머
세상은 참 많이도 복잡해졌다.
지나가는 기차에 대고
손 흔드는 아이들처럼
무관한 것들에 너무 많은 애증을
가졌던 탓일까 나는,
어느 계절엔가 그 밑에 앉아보기도 했으나
지금은 밑둥이 잘린 미루나무 한 그루
단순 무비한 그 구도에도
신경이 너무 섬약하게 흔들려
소실점을 지나 사라질 듯하다.
수많은 원관념으로 키운
독사풀 같은 생각의 숲을 다 지나
오래 몸져 누운 강은
다시 번뜩이며 뒤척일 기미조차 보이지 않고
어디쯤일까 깊이 상하여 무– 무–
울부짖는 소리, 근원을 알 수 없기에

두려운 짐승 같은 울음소리.
내 일 년과 그간의 퇴적조차도
사실은 전부 네 것이었다고
순명(順命)의 포즈를 취하자,
모든 것을 같은 높이로만 재단하는
칼날 아래 난쟁이 민들레 하나
그 높이에 도달하지 못한 상(賞)으로
꽃펴 있는 모습이 떠올랐다.
그새 여름이었다.
온 여름 가운데 자꾸만 가을이 보였다.

제4부 사방거리를 위하여

미시령에서

아무 데도 보지 말 일이다.
모든 것이 밤을 향해 돌아드는 시간
그 동안 불 일어왔던 마음까지 재우고
내 서른 해 낱낱의 삶까지 잠재우고,
남기며 왔던 긴 꼬리의 발자국은 더욱
이제는 거두어들일 일이다.
길고도 느리게 눈바람이 일고
후회하듯 고개를 들면 거기 조용히 빛나는 이마.
주머니 가득한 여정을 비워버리고 선 산정에서
거두어들인 그 동안의 발자국을 한꺼번에 풀어
단 하나 깊고도 힘겨웠던 것으로 골라 찍어두고
쓸쓸히 바람이나 맞받을 일이다.
은성하게 빛나는 도회의 불빛과 그 너머 바다.
젖지 않으려 뒤로 물러서도 모르는 새 달려들어
가슴 앞에서 시리게 부서지는 파도.
우리에게 던지는 삶의 그 육중한 악수 가운데에서
이 단 한 번만의 만남과 결별을 위해 마련된
너 참으로 든든한 내 마음의 산령,
새벽처럼 정정히 거기 서 있을 일이다.

지리산행

어느 능선을 지날 때나 갑자기 내려서고 싶었다.
절절하게 피어오르는 그리움을 향해
팔매질하던 누구도 그 뿌리에 가 닿지 못하고
제일 먼저 내린 산비에 마음부터 젖기로 했다.
시정에서 맞춰온 내 뼈들이 사정없이 풀어헤쳐졌다.
예정된 걸음은 차례로 헛놓이고.

너덜을 지나온 바람이 빗발처럼 빠르게 스쳐갔다.
그때마다 고사목 가지에 찢긴 무적(霧笛)이 길게 울었
다.
무너진 영혼들만 세월처럼 파도쳐오는
돼지나 세석의 무량한 비탈 비탈
안개처럼 꿈처럼 풍경이 출몰했다, 어지러웠다.

눕지 못하는 것들은 곧추 서지도 못했다,
억새풀 사이에 들면 가슴에 고여오는 물결 소리.
불 일듯 헤매며 왔던 시절을 엮어
악지쓰며 달려들던 열정과 물 속처럼 부연 후회를 넘어
능선들은 저마다 낯가린 채 돌아서 사라져갔다.

벌판이 시작되면 그 벼랑 끝에 가 서라는 손짓
산마루가 나서면 다 걸어내려 그 발뿌리에 서라는 섭리.

제일 나중으로 만난 비에 몸 젖으며 우줄우줄 내려간
골짜기까지, 끝끝내 따라온 물소리가 있어
화엄을 향해 눈물처럼 녹아들었다.
종소리 하나 등줄기를 타고
저녁처럼 저녁처럼 가라앉았다.

목련

꽃샘추위와 바람, 도무지
어울리지 않는 흐린 도회를 배경으로
흑백 사진처럼, 모서리가 다 닳은
옛날처럼 옛날처럼 목련은 피고.
가슴 밑을 스쳐가는 풍금 소리
이미 죽은 자의 연(緣)으로만 만나
심원사 지붕 위에 살던 참새떼
포릉 포르릉 날개치던 소리.
지장 보살 지자옹 보살
결국은 스스로를 천도(薦度)하려는 사람들의
망집과 뒤섞이던 절묘한 공존의 합장.
사람아, 저물어 돌아가는 시간
우리 잠깐 실어 보내는 일별의 목례에도
그렇게 순순히 목련이 지듯,
이 기막히게 어긋나기만 하는 목숨의 어느 날에
너와 나도 눈빛 마주쳐 난분분

시궁창에 떨어져 겹쳐 누운 꽃잎 꽃잎.

사월의 꽃나무

저토록 많은 세계와 우주들을
도대체 어디다 숨겨두었다가
이천 리 동해 파도가
단번에 몰아치는 듯
무수한 함성들 터뜨려놓는 것인가.

하필이면 왜 사월이 혁명의 물결로
만일(滿溢)했던지
나는 이제야 알 것 같으다,
극명한 정오의 햇살 아래
튼실하게 뿌리박고 선
대명천지(大明天地)여.
사월의 꽃나무 한 그루여.

운리에 가면

운리(雲里)에 가면 당연하게도
운리는 있지만 구름 따윈 없다.
청계(淸溪)에서 시작한 물길이
이상하고 미안한 듯
발치께를 한참 돌아 삐져 나가지만
누구도 그 여울 가운데서
복사꽃 따위 노래한 적 없다.
구비 많은 냇가엔
생활을 뚫고 우거진 독사풀
밧데리로 지진 어린 날
그리고 사이 사이 사금파리
잠자코 박혀 있을 뿐.
지친 해종일을 머언 하늘에
가끔 고오공거리며 때늦게 사라지던
미확인 비행체의 가슴 시린 띠가 한 줄기.
그 때문에 온통 금가버린 그리움의 시종(始終)이자,
역사나 시대 따위 아무래도 좋았던
슬픈 모더니즘.
서글픈 리얼리즘의 운리에 가면,

한 발 디뎌 너무 깊이 빠져버린 사랑만
무연한 얼굴로 홀로 울고 있다.

칼국수

지금도 그대로인지는 모르지만
부산 서면의 시장통에 가면
진짜 칼국수를 파는 집들이 있다.
밀반죽을 밀어서 날퍼런 식칼로 슥슥 베어넘기는
숙련된 노동이 아름다운 곳.
설익은 밀냄새의 칼국수를 주문하던
우리는 정직했었다, 적어도
그 정확한 2백원어치의 칼질 앞에서.
명동이나 오장동 근처를 지날 때면
요즘도 가끔 칼국수를 찾곤 하지만
그러나 아무도 수고로이 칼질하지 않는다.
기계로 빼내고도 칼국수라 우기는
공인된 공갈 한 그릇을 앞에 놓고 나는
요령 부득 적당히 항복하기로 한다.
그래선지 저래선지 요즘의 칼국수는
흐물흐물 자꾸 퍼져 나오고
시장기와 적당히 타협하고 일어서는 내가
어쩌면 한 그릇 칼국수만 같아 낭패스럽다.
칼치가 갈치 되기 바쁘게
세련된 장바구니만 쫓아가듯

순화된 갈국수도 어느 날 우리 곁을 떠나리,
아아 나의 공갈 국수.

강아지풀

먼산으로부터 우연(雨煙) 묻어와
가까이 아주 가까이
뼛골 속으로 비 내린다 흐르듯
때로 그치듯 흐득이는 후회
단속적으로 바람이 불고
쓰러지지 않기로 마음먹는 일이
바로 섬을 의미하지는 않는다는 것
나부대는 강아지풀 아는가
서슬 푸른 이파리로 제몸을 베는
어쩌는 수 없음에 대하여 이제 더는
한 발 물러 내려설 벼랑조차 없는
사람의 어지러움
한량 없는 가벼움에 대하여
아는가 이제 앙다물고
결심하기에 계절은 너무 늦었고
비는 더욱 가까이 다가와 있다
이리로 저리로도 차라리
흔들리지 않으려는 수고가
무색하구나 강아지풀
바람은 불고 회한이 비 내리는 언덕 위에

습관처럼 뒤척이며
내가 젖고 있다

우후요(雨後謠)

가파르게 등대고 선 뒷산을 타고
아아 안개가 밀려내리네요
사부나 오부쯤에서 넘실대는 그것이
이제 곧 나를 넘볼 것 같아 설레입니다
내 나와 선 이 산자락엔 뇌우 경보도 따라 내리고
풍속 35노트에 30에서 50밀리의 비도 내릴 거라고
말을 했어요 당신이 계신 도시에도
종일 비 내리고 기온은 이십이삼 도
불쾌지수가 높을 거라 말하는군요
눅눅한 이 습기가 당신에게로
옮아갈까 두렵습니다
견고한 울타리마저 어느새 풀려가네요
산은 이미 높낮이를 지웠고 길들은 모두
남북과 동서를 흩어 미로만을 남겨놓았답니다
우우 이런 안개 속이라면 거리는 지워지고
점점이 핀 메나리처럼 어디선가 불쑥
당신이 출몰할까 두근거립니다
아침마다 부서지는 꿈을 위하여
이제 제법 오랜 잠을 마련해두고
마법처럼 지워지기로 합니다

당신 근처에로 흘러가는 저 밤 물소리처럼이나
적막강산으로 우수수 무너지기로 합니다 나는

아아 안개가 안개가 저리도 못 견디게 밀려내리네요

겨울, 을숙도에서

을숙도엘 다니던 적이 있었지.
내 삶이 너무 야위었다고 생각던 시절,
명지로 가는 발동선을 타고
홀로 을숙도에 내리던 겨울이 있었지.

세상을 이루는 것들의 허망한 중심을
내 다 안다고 생각던 그때,
을숙도는 내게 있어 의식의 끝이었지.
그러나 강이 끝나는 곳에서는 바다가 새로워지고
섬 하나 고요히 가로누워 있었어.

버려져 얼어터진 마늘밭
구석구석에 빌붙어 사는
사람의 집들을 바라보거나,
빈 들판을 들먹이는 개울음을 들을 때면
언제나 나는 영 알 수가 없었다,
왜 모든 수평은 슬픈 얼굴을 하고 있는지.

뜻없이 나누인 강과 무모하게 역류하는
바다와 그쯤에서 시작되는 하늘과 하늘과

몸겨 누운 갈대밭, 그 모든 수평들 사이로는
소리 죽인 울음이 번지고 있었어.

우 - 그 평행의 공간을 덮쳐오던
기막히게 아름다우나 허망한 노을,
내려앉기 위해서만 차오르던
철새의 날개에까지도.

그럴 때면 나도 눕고 싶었지,
불안하게 흩어지는 내 휘파람 속에.
자잘한 일상들만 돌아와 누운 빈 마을 위로
먼 산으로부터 무너져 어둠이 내릴 때까지
몸서리치면서도 앙버티고 서 있던
나 또한 마른 갈대의 자세를 갖고 싶었어.

겨울, 을숙도엘 다니던 적이 있었지.
간고등어 같던 한 시절과
목숨까지 걸겠다던 치기도 가고
무슨 이유가 더 남아 나는 그리 막연했던지
지금은 외나무 다리마저 사라져버린

외로운 섬, 을숙도엘 다니던 내가 있었어.

시인

백화점 카드 대금 독촉을 두 번이나 받았다고
구시렁대던 국문과 출신 부인께서,
낼까지 두 편의 시를 써야 한다는 내 말에
그깟 시는 써 뭘하냐고, 잠이나 자라고 쫑알거린다.
무슨 소리, 사만원이라도 벌어얄 게 아니냐
그럼 당신은 돈 벌려고 시 쓰느냐
그렇다
고 대답하고서 퍼스널 컴퓨터의 스위치를 넣었다.

그러고는 버릇처럼 임화(林和)를 생각했다.
시다운 세계를 꿈꾸다가
남북 어디서도 버림받고
비무장의 완충지대를 떠도는 혁명가,
너무 붉어 차라리 까매진 영혼.

그러나 아아 용서하시라.
이 미궁의 시대 어느 시궁창에라도
혹 강림해 있다면,
이 시대의 소시민 하나
끼이면서 치이면서도 살아가고 있느니.

가을, 고궁에서

하늘이 너무 고와요 어머니,
부신 눈을 반쯤 가리고 바라보는 손가락 사이로 하늘은
푸르다 못해 차마 눈이 감길 것 같아요
얼마 남잖은 감잎 사이로 날아와 앉은
콩새나 박새 까치들은 알아요
그들이 물고 온 가을의 저 기막히게 해맑은 은유 속에서
저마다 그려 보이던 놀라운 날갯짓이
또 얼마나 쉬 풀어져 겨울 속으로
사라져갈 것인가를. 그러나
알아요 어머니, 둘러선 나무들이
새삼 환해져오는 이유를. 보세요
우수수 아랫도리로만 몰려 서서 불 밝히는
빛 고운 느티나무의 단풍 나비나비와
수런수런 일어서 손 흔들며 물 밀어오는
은행나무의 저 무심한 결별의 표정까지도
오래고 오랜 일월의 순환 가운데에서
이 단 한 번만의 악수를 위해 마련된
늦은 오후의 직관을 말없이 시작합니다.
그러면 보여요 어머니, 플라타너스가 만드는
역광의 반투명한 그늘 속으로 걸어가면 보여요

다갈색 때론 담황색 이파리의 손금을 따라 이루어지는
못 견디게 아름다운 세상이 거기 있어요
제대로 사라지기 위해 한 치 어김없이 물 밀어가는
찬찬하고 순조로운 물방울의 행렬.
그 요요한 무명의 종신(終身) 앞에서
세상은 몸서리치도록 엄숙한 것이라고 깨닫는
이 가을 저물녘, 하늘은 참 무던히도 고와요
어머니

우기(雨期)

비 내리네 비는 내리네
속절없이 젖기로 하네
미루나무 가지런히 젖고
이마에서 발치까지 산이
젖어드네 젖네
어깨를 늘어뜨리고 이 한철
섭섭히 견디기로 하네
나직나직 속삭이며
그러나 너무 오래 말하지 않기로 하는
우리들의 사랑법
빗속에 녹아 형체도 없이
하나 되기로 하네
기억하시는지
불 같았던 지난날의 한때
우리들의 혼 그 중 맑은 곳까지 스며와
몇 줄기 물길이곤 하던 소리
소리 풍금의 소리 가끔은
눈감은 등뒤로 몰래 오던 빈 풍금 소리
바람 부네 부네 비 내리네
빗속을 바람 누비고

바람 가운데 처음부터 젖은 적 없는
속풀잎들 기대어 흔들리는 근처
보이시는지 물방울 몇 개
쉬운 꿈처럼 부서졌다가 또한 보이시는지
떨어지며 자꾸만 매어달리며
조용히 물러서는 자세 하나와
웃으며 흘리는 잠깐 동안의 눈물
하염없는 수락의 몸짓 보이시는지
너무 명료해서 차라리 아득한 구도로
비 내리네 비는 내리네
빗속에 비 겹쳐 이 한철을 내리네

겨울 편지

겨울입니다.
제게 있어 넉넉한 것은 오로지
바람뿐인 겨울입니다.
이 바람에 실어 제 무슨 안쓰러운 기억을
당신께 열어 보여야 할지 망설입니다.
모릅니다, 지난 시절을 떠나간
경춘선 완행 열차는 아직도
환한 창 불 밝혀 달려가고 있는지
그 참담한 간이역에는 오늘도
마른 풀잎들만 휩쓸리고 있는지.
발등이 보이지 않습니다,
이 땅 어디에고 뿌리내렸을 겨울이
도대체 제게만인 듯한 그 속뜻을 저는 모릅니다.
자리잡아 썩지 못한 낙엽들 위로
눈은 내리고 벌써 얼어갑니다.
먼 어느 날엔가 그 얼음장을 헤집고
낙엽들이 내미는 화해의 손 볼 수 있겠는지요
지금 제가 선 백암 팔부 능선엔 설화가 곱습니다.
노을로 스러져갈 저 호사가
이제 다시는 아름다울 수 있을까 생각합니다.

파로호반에 남긴 제 그림자 혹 고이 접어 두셨는지요
제게는 참으로 모호하고 막막한 겨울입니다.

봉천동(奉天洞) 1

누가 있어 봉천동을 보았겠는가,
첫새벽 하늘을 받쳐 이고 떠난 여자의 똬리를
다시는 우물가에서 본 적이 없는데, 모를 일이다.
늦은 아침 봉일 시장 근처에서 버스를 탔을 때
걸인 하나 세상 모르게 뒷좌석에 잠들어 있었고,
다른 버스를 갈아 타고 그 곁을 스쳐갈 때에야 일어나
유리창 너머로 내게 보여주는 가망 없는 미소.

　기이하구나, 도대체
　새카맣게 내려다만 보이는 아랫것들의
　겁 없이 나불대는 세치 혓바닥들이
　자고 일어나면 비가 되어
　발등을 적시고 더하여
　뿌리까지 뒤흔들고 가는 것인지.
　마사토 골목마다 지형이 바뀌고
　그 길을 둘러 토주(土柱)들만 무성히
　돌출하는 것인지.

이제 사람들은 아무도 산을 무서워하지 않는다.
화적이 있는 것도 아니고 승냥이나 호랑이 따위

대공원으로 떠나간 지 오래인 지금
고갯마루를 겁내지 않는 것이 당연하지만
나는 그 당연함이 도대체 마뜩치 않다.
당당히 밟고 지나간 질경이는
그러나 끊임없이 새로 길을 만들고
그 위에 하늘까지 고명으로 깔아두지 않던가.
그 하늘에 방패연 하나 봉홧불처럼 떠오르고
봉홧불 여럿 방패연처럼 피어나는
하늘 아래 첫 동네 봉천동이 있지 않던가.

봉천동(奉天洞) 2
―오징어

봉천 네거리 정류장 모퉁이에는
세상에 곁다리로 묻어가는
목숨 하나 오징어 좌판 뒤에 앉아 있다.
차가운 이별의 절기, 뜨다가 마는
몇 송이 눈발 같은 정물.

먼지 자욱한 비닐 봉지 안에서
정정하던 동해 파도의 기억을 지우고
군내로 남은 몇 축 오징어들이
늙은 여자의 후줄근한 이력이면 어떤가,
그 내력을 밝혀 카바이드 또한 떨고 섰는데.

구겨진 지폐 한 장으로도 얼마든지
그 생목숨을 간섭할 수 있다는 게 서글퍼
뒤숭숭한 마음으로
다리를 찢는다.

다시 도전적으로 살아나 느물거릴지 몰라
진저리를 치며 어금니를 박는 내 눈길 저편,
새벽처럼 웃어주는 입 안 깊숙이

조용히 날을 세우는 금이빨 하나.

사방거리를 위하여 1

―사방거리를 아십니까

반도가 반반도로 갈라서기 전에는
남으로 화천, 북으로 김화를 이어
한식경이면 얼굴 맞대 인사하던 곳,
역사의 소실점 사방거리와
그곳에 홍건히 고인 저녁을 보신 적이 있습니까.
쾡한 눈깔의 작전 트럭이 줄을 잇고
껄렁한 악수를 나누며
작부집을 나선 병사들은 수시로
뜻 모를 적의를 방뇨해댑니다.
가끔 토악질 끝의 가랭이 사이로
가슴을 앓는 듯한 여자 하나 걸어가고
비루먹은 개도 한 마리 비칠비칠 사라집니다.
표정을 거둔 지 오래인 함석 지붕을 넘어
검은 산만 더욱 검게 일어서 오고
별 없는 하늘은 하늘대로 골목 밖에서
저 혼자 무명으로 깊어갔는데.
생활을 다 팔아 목숨을 사는 사람들에겐
골목 끝에 매달린 삼십 촉 전등만으로도
한 시절 그들이 부려놓은 등짐의 내부
죄 보인다는 걸까요, 좌판 위에 직립한

홍시가 얼얼하게 얼어갑니다.
지금은 사방 중에 한쪽이 막혀
케케묵은 뽕짝에도 목이 자주 메이는
아아 산이 막혀 오갈 수 없는 네거리,
기우뚱한 구도의 사방거리를 아십니까?

사방거리를 위하여 2
―연가

종점 바람에는 상한 생선 냄새가 묻어 있었다.
'눈물만큼 고운 별이 될래요 그대 가슴에'
마지막 여운을 툭 자르며 꺼버린
시외버스 카 스테레오에서도 상한 비늘 몇 점
날아와 아는 체를 했다.
매번 그랬다, 트럭이 피워올린
먼지 장막이 걷힌 한참 뒤에도
거리는 뒷걸음질쳐 아무것도 확실하지 않았다.
아무것도 확실하지 않았다,
면회 신청지를 받아들던 앳된 상병은
안경 너머로 버릇처럼 내 전신을 훑었고
'몇 시간 기다려야 될 거예요'
몇 시간이 아니라 몇 날 몇 일이 지나도
얼굴조차 볼 수 없던 때도 있었다.
길거리에서 허리 붙들려 갔다는 소식 하나로
내 온 생애가 쿵쾅거리던 때
소식 대신 날아온 보따리에서
시큼한 옷가지만 푸들푸들 떨어졌을 때.
내가 모르는 세계로 멀어진다는 게
아득했었지, 희게 웃어보았다.

그가 있을 먼 산마루 솜털 같은 구름이 한 떼
뒤이어 헬기 한 마리 민통선 넘어 날아갔다.
복지회관 대기실은 미어지게 붐볐지만
아무도 진득하지 못했다.
어항이 놓인 구석자리를 잡으며
더이상 아득바득하지 않기로 했다,
스물세 해를 쌓은 내 장밋빛 미래에 대해서.
이번에는 기필코 고향 방문단에 끼이고 말겠다며
단호하던 아버지의 얼굴이 잠시 떠올랐으나
이내 사라졌다. 얼굴이 비치는 어항 속에
킷싱그라미 한 쌍 부유물을 헤집으며
느리게 떠올라 꼬리쳐갔다.

사방거리를 위하여 3
-그 가을의 훈련

그 해 늦가을, 우리는
나누인 한쪽이라도 지켜보자고
철모에 노란 머리띠 두르며
혹시 기회를 보아 두만강 푸른 물로
수통을 채울 수 있을지 어떻게 아느냐고 멋적게 웃으며
통일 연습 훈련을 했다.

피아를 가르고 공방을 거듭하며
적의와 실없음을 적당히 가감하던
며칠이 겹치면서 우리는
분침호나 개인호 혹은 천막 안에서
피곤하고 내용 없는 꿈을 무시로 꾸곤 했다,
무한궤도 자국 마구 헝클어진.
아무 때나 대항군이 떴다.

마침내 살아남은 4할의 병력으로
총공세가 있었고, 훈련은 끝났다.
철모를 깔고 앉은 방호벽 위
햇살은 까닭없이 푸짐한데
놀랍게도 십일월 전방 고지에 피어 만발한

노오란 개나리의 역설에 대해서는
아무도 입을 열어 증거하지 않았다.

사방거리를 위하여 4
— 수잔 브링크에게

햇살이 무너져내리는 쓸쓸한 등허리
안쓰럽게 훔쳐보았습니다.
지상 최고라는 복지국가 한구석에서
혼잣손으로 가꾸려는 참혹한 정신, 어지러웠습니다.
연방 피워 무는 담배 연기 모양 자꾸
달아나려고 하는 정신을 모아
면벽하면 보입니까? 두살배기 어린 영혼을
바다에 띄우던 가증스런 어머니의 나라.
그 가열찬 애증의 영토에는 어쩐 일인지
목소리 큰 사람들만 남아 자랐습니다.
행여 가난 때문이었다고 말하지 않겠습니다,
지금의 이야기가 아니라고도 말하지 않겠습니다.
희미한 목소리로 끊일 듯 이어가던 당신의 아리랑
그 정확한 음정에 대해 결코 느꺼워하지도 않겠습니다.
당신의 그 바닥 없는 현기증에도 적중하지 못한
주문을 외며 손 모아 우리는 우리의 소원을 노래하며 자
랐습니다.
참 희한한 착각입니다, 나는 왜 섣부르게도,
먼지털이 험하게 휘두르던 당신의 양모 미세스 브링크
가

코 크고 눈 파란 사람들 일반이라 생각하는지
당신이 주저하며 내려서던 김포 공항 청사가
널문리 그 초라한 공굴 다리로 여겨지는 우를 범하는지
그 다리 위에서 당신의 외로운 혈육, 그러나 우리의 현
재인
엘레노라와 안타깝게 해후하는 꿈을 꾸는지.
당신의 종교, 이 나라에 내리는 첫눈 소식 끄적이다 말
고
낯 뜨겁게 내다보는 산하에
어둠만 저 혼자 깊어가는 저녁입니다.

사방거리를 위하여 5
—아침 거미

모처럼 일찍 나와 겨우내 묵혀두었던 모래 먼지를 쓸고 닦아낸 연구실 바닥에, 어디서 왔을까 아주 쬐그만 몸피의 거미 한 마리 기어간다. 어쩌면 내 몸 속 어디거나 내 머리 속 책갈피에서 겨우내 동서(同棲)했을지도 모르는 그 놈도 역시 다리가 길고 가늘고 여릿여릿했다. 여섯 개의 거미줄 같은 다리로 사소한 몸 하나를 둘 바 몰라 비척대면서 장방형 본타일 바닥의 경계를 넘어간다. 그 주저없는 월경. 순간 나는 아침 거미는 죽이지 않는 거라시던 어머님 말씀 때문에, 밟으려던 발을 거두고 지켜볼 도리밖에 없었다.

89년 11월의 어느 날, 최전방 철조망이 둘러쳐진 피엑스 창고 안에서 고량주에 쓰러지며 베를린 장벽의 붕괴 소식을 들었다. 내 안에서 무너져가던 한 흐느낌의 고립 소식을 들었다.

그러나 다시 확인해두자, 그새 어디로 갔는지 미궁에 빠져버린 거미여. 네가 아무리 각진 구속들의 주변을 자유로이 풀어놓으며 향기로운 금화산 아래를 기어간다 하더라도 너는 닫힌 문 안에 갇혀 있고, 나는 그 문을 스스로 닫

고 들어와 창밖의 여전한 겨울을 내다보고 있다는 사실 하
나만은.

사방거리를 위하여 6
一悼 金順男

남의 말, 남의 돌을 던져서
마빡마다 피 비린 낙인 하나씩 나눠 가진 후,

이윽고 밤이 내렸다.
추위와 주림에 지친 사람들 사이에는
그것들보다 더욱 참혹한
미움의 형벌이 주어졌다.
한편에서는 그 미움을 넣어
추위를 잊게 하는 마법의 노래를 지어
부르도록 억지를 쓸 때,
한편에서는 주술의 가락을 지어
춤추도록 강제했다.
어느새 탄력이 붙어
서로 마력이 우세하다고 자신했던
두 노래가, 자정 무렵의 들판에서
저희들끼리 또다시 맞붙었다.
꼭 한편을 발밑에 두리라던 싸움은
그러나 끝내 팽팽했고, 그것들이
부딪쳐 튕기는 불똥들만 스러져
비수처럼 땅에 꽂혔다.

살아 있던 자들과 이미 죽은 자들
모조리, 죽고 고쳐 죽었다.

어디선가
목소리로만 떠돌던
이미 죽은 옛 노래꾼 하나 나타나
살아 있는 자들의 상렬(喪列)* 앞에서 호곡했다.
아직도 캄캄한 밤이었다.

* 오장환 시에 김순남이 곡을 붙인 노래의 제목

사방거리를 위하여 7
—임화에게

네거리에 서면 한 포기 풀도
사방으로 찢어져 흩날릴 수밖에 없음을
온몸으로 보여준 시인 하나 있었다. 역사의 밤에
짓붉은 지등(紙燈) 하나 들고서
꺼트리지 않으려고 애쓰다가
종국엔 그 역사의 배경으로 내몰려
적폐의 이 땅에서 버림받은 혼.
식민의 모국에서 노래한다는 일이
너무 순정(純情)했던 탓일까?
메아리가 채 돌아오기도 전에
'가슴이 종잇장처럼 얇아진' 권력에 의해
한 포기 밑 잘린 망초꽃으로
강 건너 멀어진 사람.
이념이나 명예 혹은 입신을 위해서가 아니라
생애의 오로지 단 하나의 신념
사람다운 사람이 사는 세상의
종로 네거리를 만들기 위해
목숨을 걸었던 사람.
다시는 그토록 쉽게 침노 당하지 않을
격정의 희망을 꿈꿀 수는 없는 것인가

당신의 질문에 답하기 위해
사통 팔달의 사방거리에 서기 위해
당신의 미래에 뒤를 잇는 그 앞으로
낭자하게 복원되는 한 생애,
낭만적 혁명주의자
임화여.

역사의 미로 속에 빠진 존재에 대한 물음

신범순(문학평론가, 관동대 국어교육과 교수)

1

대학의 강의실에서 연구실에서 얼굴을 익혀왔던 친구나 후배들이 이제는 대부분 모두 자신들의 생활 속에 침잠해 있다. 거의 매일 얼굴을 마주 대고 서로의 체취를 느끼면서, 세계와 자아의 철학에 대하여, 혹은 현실과 역사에 대하여 진지한 말들을 만들어내거나 토해내던 때들이 있지 않았던가? 그러나 그러한 말들이 때로는 격정적인 행동으로 이어지기도 했지만, 많은 경우 우연한 인연의 행로에서 혹은 개인적인 욕망의 한 형식으로 그러한 것들이 화려하게 수놓아지기도 한다.

나는 진정으로 희생적이며 열정적으로 어떤 경향에 열심이었던 친구가 있었으며 그가 지금은 그늘진 거리의 조그만 출판사 속에 묻혀 있음을 안다. 매우 선동적이었지만 이제는 누구보다 야심적인 지위에 올라 거드럭거리는 친구도 있다. 삶은 오래 지속된 이후 그 본질을 드러낸다. 역사도 그러하며 인생의 의미는 한때의 생각으로 그 모든 것을 알 수 없게 된다는 것을 나이가 들수록 깨닫게 되는 것은 아닌지?

이명찬의 시를 읽으면서 나는 그런저런 여러 가지 사연들이 복잡하게 얽힌 인생의 한 미로를 걷게 된다. 시인 자신의 과거와 현재 그리고 미래가 여러 가지 꿈과 열정 그리고 분노와 회한과 좌절, 그리고 애증으로 복잡 미묘하게 얽혀 있는 이 길은 단지 한 시인이 붙들려 있는 길만은 아닐 것이다. 이 시인이 자신의 삶의 가장 내밀한 처소로부터 일상의 가깝고 먼 여러 경계들에 이르기까지 정신적인 답사를 하는 시적 여행들을 다소간 함께 저린 감정들로, 또 때론 논쟁적으로 이모저모 말을 거들면서 동참하고 싶은 사람들이 있지 않겠는가?

나는 이 시인의 시편들이 우리 시대의 순수한 '고뇌하는 젊음의 편력에 대한 기록물'이라고 생각한다. 이 시편들의 주인공이 한 시대의 격렬한 흐름 속에서 한 경향에 몸을 담았고, 거기에서 자신의 영혼이 느낄 수 있었던 민감한 감정의 무늬들과 자신이 살고 있는 현실에 어떤 의미들을 적극적으로 부여하려 했던 그 몸짓들을 우리는 찾아낼 수 있으리라. 그러한 것들은 역사의 거대한 흐름 속에서 잊혀질지라도, 한 인생의 발자취에서는 너무나 소중한 것들이며, 더욱 깊고 높은 삶의 의미를 깨닫기 위한 징검다리이며 주춧돌이 된다. 이 시편들 속에 자그마하게 움츠러든 그 주인공의 이야기를, 우리의 삶과 연관된 현실의 여러 흔적들을 일깨우는 그 세계의 상상적 지역들을 그 주인공이 지닌 나침반을 갖고 탐색해보기로 하자.

2

80년대 대학의 전위적인 운동들 속에서 자신의 소중한 신념과 희망의 원리와 뿌리를 찾아낸 젊은이들 가운데 그러한 것들이 여전히 자신 속에 생생히 남아 있다고 생각하는 사람들은 거의 없을 것이다. 그 젊음의 순수성을 가지고 그러한 운동의 순수성을 지키고자 하는 정신은 이제는 세속적으로 현실과 타협해 권력과 돈의 그늘 속에서 살찌워가는 것들에 대한 혐오를 드러낸다. '80년대'라는 부제를 붙인 「빛 4」에서 그 혐오는 현실에 대한 한탄에서 비롯한다. "우리는 헛살았는가. / 신념과 희망은 물 건너 가고 / 바람결에 전해오는 이야기만이 / 진정 우리의 유일한 양식인가." 이렇게 직설적인 표현이 수사법으로는 세련되지 않은 것이라 해도 여기서는 좌절을 단도직입적으로 인정하겠다는 울림을 갖는다.

그러나 이 시는 그렇게 단순하지만은 않다. 투쟁의 대상이었던 적을 닮아간 동지들에 대한 애증은 자신의 신념을 상대화시키며 이 세상을 좀더 깊이 볼 수 있도록 한다. 단순한 가치판단들이 복잡해지며 심리의 깊이를 마련한다.

> 나무란 사방으로 뻗은 가지의 다양하고 풍성함으로
> 죄도 되고 자랑도 되는 법.
>
> 너의 자랑이 내 죄가 될 때까지
> 내 사랑이 네 무관심을 데워
> 오히려 나를 미워하게 될 때까지

이렇게 해서 새로운 현실에서 '존재의 방식'에 대한 깊이 있는 물음이 시작될 수 있게 된다. "우리는 자신의 꼬리를 먹어들어간/ 한 마리 거대한 뱀이 아니었을까,"(「적과의 동침」)라고 하면서 "몸둘 바를 몰라, 생각하고 생각하고 또 생각하고/ 생각만 하고 있다"(「적과의 동침」)라고 그는 말한다. 그는 존재의 이유가 아니라 '존재의 방식'에 대해 생각한다.

그런데 적과 닮아간 옛 동지들에 대한 격렬한 혐오와 증오가 곧 이러한 반성적 사유 속에서 자신에 대한 그것으로 옮아간다는 것이 눈에 뜨인다. 「나의 모험」은 스스로에 대한 풍자이며, 내밀한 심리를 파고들어가 그 속에서 자신의 우스꽝스러운 모습을 비춰 보인다. 남들의 시선을 의식하면서 적당한 거리로 뒤따라갔던 모습들이 이 희극적 무대에서 상연된다. 이것을 "적당한 모험"이라고 하면서 그것은 "차라리 은밀한 내통"이었다고 비판한다. 자신의 그러한 적당한 모험을 자랑스럽게 자신의 후광처럼 내비추는 속물적 의식이 고발된다.

이러한 자기 비판은, 국문학사에서 영웅적 주인공을 내세우는 시창작 방법 즉 '낭만적 히로이즘'을 내세우며 자신의 삶도 거기 근접시키려 했던 30년대 이후의 임화를 불꽃처럼 바라본다. 그래서 "긴가민가 망설이는 와중에/가장 멀리 떨어진 은하의/그 중 바깥에서 서성거리던 희미한 별 하나가 있어"에서처럼 멀리 있는 별 하나를 바라보며, 자신의 시를 "그 혁명에 육박하고 싶다"(「내 시(詩)」)라고 말한다. 그러나 이 자기비판의 시선이 곧 자기의 미약함과 자신의 존재상황을 풍자하는 방향으로 나아가게끔 한다. 그리하여 「시인」에서 돈 벌지 못하는 시인의 일상적 무기력함이 혁명의 시인 임화의 비극적 생과 대조되어 그 희극적 담론들을 내뱉는다. 임화를 꿈꾸면서 살아가는 시인은 빚에 쪼들리면서 원고료 사만원으로 규정되는 시를 쓴다.

누군가 혁명이 끝나면 일상이 시작된다고 했다. 이 시인은 "이 미궁의 시대 어느 시궁창에라도" 혁명의 시인 임화가 강림해주기를 바라지만, 일상의 견고한 힘들 앞에서 그러한 혁명적 낭만주의는 빛이 바랜다. 「와이셔츠를 다리며」는 그 혁명적 낭만주의가 일상의 리얼리즘 속에서 어떻게 사소하게 다스려지는가 하는 것을 매우 인상적으로 보여준다. 이 시는 그의 다른 시편들에 비해 득의의 경지를 이루고 있는데, 그것은 '와이셔츠'라는 일상적 사물을 통해서 그가 사로잡혀 있던 야망과 욕망 그리고 현실적인 일상의 힘들이 서로 얽힌 가운데 미묘하게 꿈틀거리고 있음을 잘 보여주고 있기 때문이다. 시인은 먹고살기 위해 그리고 현실적인 지위를 위해 자신을 묶어두기 위한 '와이셔츠'를 다린다. 자신이 만들어낸 주름들을 다리며 그는 그 주름들 속에서 짜증과 분노 욕망들을 읽어낸다. 그 주름을 다리는 것은 스스로의 존재 방식에 대한 깊은 반성들을 불러일으킨다.

와이셔츠를 다린다. 때때로,
불끈 치미는 짜증과 미지근한 일상의 분노
내 성마른 욕망까지 모두 평정하며…….

애초부터 큰 주름 잡겠다고 덤비면
언제나 처음과 끝이 어긋나는 법.
오히려 자잘한 주름들과
일관되고 꾸준하게 씨름하다보면,
그제서야 스스로 날을 세우는 단 하나의 칼주름.
만물이란 반드시 연관되게 마련이어서
나는 결코 사소하지 않았다.

나를 죽이는 인내만이
날을 세우는 유일한 무기.
물론 비접착 감색 싱글 아래 받쳐져
한나절 강의로도 다시 형편없이 구겨지리라는 걸
모를 리야 없지만,
나는 오늘도 와이셔츠를 다린다.
배경과 그늘만이 남을지라도
독버섯 같은 내 야망을 다린다.
      —「와이셔츠를 다리며」중에서

　이렇게 시인은 일상의 리얼리즘을 배우기 시작한다. 사실은 모든 혁명적 낭만주의의 불길들을 빨아들이는 일상의 주름들과 자아의 일상적인 전략들을 배우기 시작한 것이다. 일상의 복잡한 그물들을 깊이 있게 이해하기란 그러나 쉽지 않다. 혁명의 불길들조차 그러한 그물들의 어떤 틈새들로부터 그리고 거기 묶여 있는 자들의 야망과 욕망들로부터 솟구치는 것이다.

3

　낭만적 동경의 높이에서 떨어져내리는 것은 아픔이지만 비극적인 아름다움을 지닌다. 그러한 비극성은 항상 서정시의 모티프들이 되어왔다. 이명찬의 시들은 일상의 가장 깊은 밑바닥과 자아의 깊은 구멍 속으로 내려가기 이전의 그러한 '낙하'에 대해 말한다. 매우 서정적인 목소리로 「흔들리지 않게」나 「겨울 편지」를 노래할 때 그는 조금씩 삶 일반에 녹아 있는 감정의 무늬들로 자신의 구체적인 경험이나 신념의 뼈대들을 감싼다. 많은 사람들을 감쌀 수 있는 따뜻함의 커다란 품을 마련하려 하는 것처럼 보이기도 한다. 이러한 측면은 한편으로는 그의 시가 발전하는 것으로 느껴지게도 하고 또다른 측면으로는 그의 주제가 모호해지는 것처럼 느껴지게도 한다. 그러나 위에서 다룬 그의 시편들보다 훨씬 시적으로 세련된 것임에 틀림없다. "이제는 기억마저 희미한 청춘 / 늘 우중(雨中)이어서 발치부터 검버섯이 피는 추억이여, / 어느 별의 운행을 닮아 우리 서로 어긋나기 시작했는지".(「흔들리지 않게」) 그의 시들은 이제 언어와 감정의 미세한 실마리들을 잘 풀어내고 또 그럴듯한 형상들로 그 실들을 엮어낼 수 있음을 보여준다. 그러한 형상력이 일상 속에서 패배한 자들의 삶을 수놓아 하나의 '시'를 가능하게 한다. "한때는 내게 속한 것이었으나 / 이제는 기억마저 희미한 청춘"에서 우리는 과거의 열정과 꿈에 대한 회상이 이 축축한 일상의 바다과 뒤엉키며 '시'를 만들어냄을 본다. 「겨울 편지」에서는 "무슨 안쓰러운 기억"을 당신께 열어 보여야 할지 망설인다고 말한다. 사라진 청춘은 마치 노을로 스러져가는 호사처럼 아름답다.

눈은 내리고 벌써 얼어갑니다.

먼 어느 날엔가 그 얼음장을 헤집고,

낙엽들이 내미는 화해의 손 볼 수 있겠는지요,

지금 제가 선 백암 팔부 능선엔 설화가 곱습니다.

노을로 스러져갈 저 호사가

이제 다시는 아름다울 수 있을까 생각합니다.

　　　　　　　　　　　　　　—「겨울 편지」 중에서

　석양에 물든 호사의 아름다움은 그 호사(사치)의 사라지
는 운명이 내뿜는 비극적인 감정의 물결 때문에 더욱 빛난
다. 혁명의 낭만주의에 물든 청춘의 스러짐 역시 마찬가지
이다. 「포물선」에서 그것은 "비스듬히 기울어진 하늘 가득
히 / 지기 위해 차오르는 / 저 처연한 / 궤적"이라는 표현을
얻는다. 「내 마음의 장마」에서 '아름다운 패배'라는 말은
의미가 이중적인 하나의 수사법이다. 모든 것들이 뒤집혀
버린 장마가 실제적인 진실로 이 단어 앞에 육박해 있다.
이러한 시들을 보면서 현실을 탐구하는 시선은 과거에 대
한 회상의 서정성과 맞물려 있을 때 참으로 빛나는 것이며
더 깊은 울림을 가져오는 것이라는 생각이 든다. 「도시의
나무」 역시 과거와 현재의 대비법을 가지고 있으며 어떻게
보면 단순하지만 대비적인 은유법을 통해 한 시대의 풍경
을 만든다. 꿈이 사라졌을 때 도시의 풍경은 "요즘은 어떤
나무도 집들 위로 솟지 못한다"라는 정의 속에 붙박인다.
그 나무에 어떤 궁색한 상징들을 집어넣어서 앞으로 어떤

꿈들을 거기 깃들이게 할는지 이 시는 물어보도록 한다.

4

이명찬의 시들은 스스로를 고립적으로 파악하지 않는 방식에 의해, 타인과 세상, 역사와 현실에 질문하는 방식에 의해 존재한다. 나는 스스로 존재하지 못한다. 그의 시에서 데카르트적인 코기토는 타인들의 사유와 행동이 널려 있는 세상의 드넓은 그물 때문에 비로소 존재한다. 그래서 그는 이 세상의 이곳저곳에 자신의 길을 만들며 그 길 위에서 사유한다. 그의 시 곳곳에 서울의 여러 동네 이름들이 나오고, 우리나라 각지의 여행처가 나오는 것은 바로 이 때문이다.

봉천동이나 옥수동 그리고 삼선동의 옛날은 우리의 어두운 살림살이와 그늘진 표정들을 갖고 있다. 그는 삼선동의 재개발 지역에 얽힌 쭈그린 삶에 대해 말하고(「아주 오래된 동네」), 옥수동의 신림극장 그 낡은 필름의 추억에 대해 말한다. 거기 놓인 사람들의 삶의 표정을 읽어내며 이 시들은 한 시대에 대한 자신의 감정과 의지 그리고 신념의 외적 상관물들을 읽어내는 것이다. 「봉천동 1」에서 그러나 "누가 있어 봉천동을 보았겠는가"라는 의외의 물음을 던진다. 그것은 거기 사는 "새카맣게 내려다만 보이는 아랫것들"의 뿌리까지 뒤흔드는 힘을 보았는가라는 물음이다.

「봉천동 2」는 오징어 좌판을 깔고 앉은 늙은 여자의 후줄근한 이력을 배경에 놓고 그 속으로 침잠해들어가는 주인공의 서글픔을 이야기한다. 그리고 그 속에 있는 칼날에 대해 말한다. 그러나 이제는 그 어느 것도 잠잠한 서정적 어조의 흐름 속에 있으며 그 속에서 읽는 사람들을 편안하게 다스리고 있다.

그의 여행시들은 「지리산행」처럼 역사의 현장에 대한 순례자적 태도를 보인 것, 「미시령에서」처럼 자신의 내면 깊이 침잠하며 자신을 돌아보고 다시금 가다듬는 것, 「운리에 가면」에서처럼 역사와 시대에서 멀리 떨어져 하늘 깊이 외떨어져 있는 자신의 얼굴을 바라보는 것 등이 있다. 그중에서 「겨울, 을숙도에서」가 그 여행시들의 한 높이를 가늠하게 한다.

을숙도엘 다니던 적이 있었지.
내 삶이 너무 야위었다고 생각던 시절,
명지로 가는 발동선을 타고
홀로 을숙도에 내리던 겨울이 있었지.

세상을 이루는 것들의 허망한 중심을
내 다 안다고 생각던 그때,
을숙도는 내게 있어 의식의 끝이었지.
그러나 강이 끝나는 곳에서는 바다가 새로워지고
섬 하나 고요히 가로누워 있었어.

버려져 얼어터진 마늘밭
구석구석에 빌붙어 사는
사람의 집들을 바라보거나,
빈 들판을 들먹이는 개울음을 들을 때면
언제나 나는 영 알 수가 없었다,
왜 모든 수평은 슬픈 얼굴을 하고 있는지.
                    ―「겨울, 을숙도에서」 중에서

　한때 열렬했던 젊은 정신, 세상을 전체적으로 그 중심
속에 빨아들이려는 그 열정적인 의식의 한 끝에 '을숙도'
가 있다. 이 새로운 바다 위에 고요히 가로 누워 있는 섬
하나는 과연 무엇이겠는가? 아니 무엇일 수 있겠는가? 여
기에도 우리가 위에서 말했던 그 '노을'이, 그 아름답지만
허망한 노을이 나온다. 모든 것이 하나의 표정으로 누워
있는 수평선의 '슬픈 얼굴'은 아름답다. 그러나 "자잘한
일상들만 돌아와 누운 빈 마을"의 풍경이 그것과 겹쳐 있
다. 눕고 싶게 만드는 풍경이 바로 거기 깊고 넓은 화폭을
마련한다. 이 시의 주인공은 그러나 버티고 서는 '마른 갈
대의 자세'를 갖고 싶다고 말한다. 이 시는 그리고 그러한
것들을 모두 또하나의 먼 과거로 흘려보내는 막막한 세월
의 깊이를 통해 주인공 '나'의 슬픔을 깊어지게 한다.
　그의 다른 시들 즉 「신이문역에서」나 「우후요(雨後謠)」
그리고 「사방거리를 위하여」 연작 등은 타인들의 거처와

여행처 등으로 향한 길과 달리 미로와 같이 방향을 잃는 길이다. 그는 이제 자신을 찾아나서기 위해 타자를 찾고 거기서 자신을 되비추는 반성적 작업에서 방향을 잃고 길을 잃는다. 「신이문역에서」의 '구절양장' 같은 길은 주인공이 찾아가는 '내 서울'의 입구이자 그 지리학이다. 그 길 위에 놓인 좌판과 철공소 간판집 목공소 영자네 방석집 그리고 마침내는 자신의 병을 다스려줄 한약방에까지 그가 지나쳐야 할 것은 너무 많다. 그 무의미한 아득함이 길을 잃게 만들 만큼 위험하게 이 도시에 미로의 어둠을 짙게 한다. 그 어둠은 「우후요(雨後謠)」의 안개와 같은 것이다. 여기서 '안개'는 산의 높낮이를 지우고 길들을 미로로 만든다. "산은 이미 높낮이를 지웠고 길들은 모두 / 남북과 동서를 흩어 미로만을 남겨놓았답니다". 이 안개의 미로 속에서 의식의 깊은 잠이 마련된다.

「사방거리를 위하여」 연작은 이명찬 시가 향하는 한 열정이자 동경의 목표인 임화의 '종로 네거리'와 대비되면서 끝을 맺는다. 이 '네거리'는 사람다운 사람이 사는 세상을 상징한다. 그러나 '사방거리'는 이미 남북 분단으로 찢긴 곳으로 한쪽 군대의 권력이 갖는 음침한 분위기에 의해 기우뚱한 구도가 되어 있다. 그것은 막혀 있는 네거리이다. 이 시들에서 군대의 을씨년스러운 풍경을 통해 혹은 수잔 브링크의 그 애절하고 부끄러운 경력을 통해 우리 현실 전체를 비유한 것은 적절한 것이기도 하지만, 어떻게 보면 너무 당연해서 자칫 평범해지기도 하는 것이다. 「사방거리를 위하여 5」는 오히려 그러한 사방거리를 하나의 배경으로 암시하고 정작 연구실에 갇혀서 거미 한 마리를 깊이 관조함으로써 그러한 평범함을 넘어설 수 있었다. 시는 역시 이렇게 멀리 떨어진 것을 결합시키고, 자신의 감각에 깊이 있고 미세하게 다가와 삶의 평면을 떨리게 하는 것을 붙잡아야 성공한다.

어쩌면 내 몸 속 어디거나 내 머리 속 책갈피에서 겨우내 동서(同棲)했을지도 모르는 그놈도 역시 다리가 길고 가늘고 여릿여릿했다. 여섯 개의 거미줄 같은 다리로 사소한 몸 하나를 둘 바 몰라 비척대면서 장방형 본타일 바닥의 경계를 넘어간다.

　　　　　　　　　　　—「사방거리를 위하여 5 - 아침거미」 중에서

연구실 타일의 사방거리는 우리의 삶을 짐진 이 시의 시적 자아를 조그만 연구실 속으로 집어넣는다. 이 연구실의 막막한 공간은 현실 속에서 미궁에 빠진 곳이며, 시적 자아와 거미 역시 그러하다. '미궁에 빠져버린 거미여'라는 것이 이 시의 중심주제이며, 이 시집의 마지막 부분의 주제이기도 하다. 아 이제 어떻게 할 것인가? 이 추운 겨울에 그것을 잊게 하는 "마법의 노래"(「사방거리를 위하여 6」)를 지을 것인가? 아니면 여전히 순정을 간직한 채 네거리에 서서 "사방으로 찢어져 흩날릴"(「사방거리를 위하여 7」) 것인가? 낭만적 혁명의 불길은 꺼지고 이제 모두 흩어지거나 현실에 안주할 때 이명찬의 시에 주인공으로 등장하는 추억과 동경과 쓸쓸함과 애증들을 어떻게 할 것인가? 한반도의 길들은 이 겨울에 더욱 몸을 움츠리고 있다.

아주 오래된 동네

초판인쇄 · 1997년 12월 20일

초판발행 · 1997년 12월 27일

지은이 · 이명찬 / 펴낸이 · 강병선

펴낸곳 · (주)문학동네

주소 · 110-521 서울시 종로구 명륜동 1가 31-9
　　　　http://www.munhak.com

출판등록 · 1993년 10월 22일 제22-188호

전화번호 · 765-6510~2, 743-2036 / 팩스 · 743-2037

값 4,000원

ISBN　89-8281-096-×　02810